Estiracosaurio

Grace Hansen

Abdo
DINOSAURIOS
Kids

abdopublishing.com

Published by Abdo Kids, a division of ABDO, P.O. Box 398166, Minneapolis, Minnesota 55439.

Printed in the United States of America, North Mankato, Minnesota.

102017

012018

THIS BOOK CONTAINS
RECYCLED MATERIALS

Spanish Translator: Maria Puchol

Photo Credits: Alamy, iStock, Science Source, Shutterstock, Thinkstock,
©D. Gordon E. Robertson p.11 / CC-BY-SA-3.0, ©User:MathKnight p.21 / CC-BY-SA-4.0

Production Contributors: Teddy Borth, Jennie Forsberg, Grace Hansen

Design Contributors: Dorothy Toth, Laura Mitchell

Publisher's Cataloging in Publication Data

Names: Hansen, Grace, author.

Title: Estiracosaurio / by Grace Hansen.

Other titles: Styracosaurus. Spanish

Description: Minneapolis, Minnesota : Abdo Kids, 2018. | Series: Dinosaurios |
Includes online resources and index.

Identifiers: LCCN 2017945914 | ISBN 9781532106538 (lib.bdg.) | ISBN 9781532107634 (ebook)

Subjects: LCSH: Styracosaurus--Juvenile literature. | Dinosaurs--Behavior--Juvenile literature. |
Herbivores, Fossil--Juvenile literature. | Spanish language materials--Juvenile literature.

Classification: DDC 567.915--dc23

LC record available at https://lccn.loc.gov/2017945914

Contenido

Estiracosaurio

El Estiracosaurio vivió en el **período Cretácico** hace 75 millones de años.

Los Estiracosaurios eran

ceratópsidos y comían plantas.

Hábitat

América del Norte se veía muy diferente en la época de los Estiracosaurios. Gran parte del terreno estaba cubierto por un mar poco profundo. Así que este dinosaurio vivió cerca del agua.

Cuerpo

Los Estiracosaurios podían crecer hasta los 18 pies de alto (5.5 m) ¡Pesaban casi 6,000 libras (2,721.6 kg)! De tamaño parecido a los rinocerontes.

El Estiracosaurio tenía cuatro patas cortas. Probablemente podía alcanzar las 20 millas por hora corriendo (32 km/h).

Lo que más identifica al Estiracosaurio es su **collar óseo** en el cuello y su cuerno. Este collar estaba hecho de huesos. Era fuerte y de él salían seis cuernos.

Un cuerno de un pie de largo (30.5 cm) le crecía de la nariz. Estas características le servían para asustar a los **depredadores**.

Alimentación

El Estiracosaurio tenía **pico**. El pico le servía para desgarrar las hojas de las plantas. Con sus dientes al fondo de la boca podía masticar.

Fósiles

Se cree que este dinosaurio vivió en manadas. Hace tiempo se descubrieron 100 **fósiles** de Estirocosaurio de una vez en un sólo lugar. Se han encontrado fósiles de Estiracosaurio en Montana, USA y en Alberta, Canadá.

Alberta
Montana

Más datos

- El cuerno del Estiracosaurio se pensaba que pudo medir alrededor de 20 pulgadas de largo (50.8 cm). Pero los **fósiles** encontrados muestran que era más pequeño, alrededor de la mitad.

- Cuando se sentía amenazado, este dinosaurio se defendía de los **depredadores** atacándolos.

- El vivir en manada les servía de defensa de los posibles depredadores.

Glosario

ceratópsido – tipo de dinosaurio herbívoro con pico y cuerno, que vivió en lo que ahora es Norteamérica, Europa y Asia.

collar óseo – saliente de huesos que sale del cuello de un animal.

depredador – animal que caza y come otros animales para subsistir.

fósil – restos o huellas de algo que vivió hace mucho tiempo, por ejemplo esqueletos o pisadas.

período Cretácico – rocas de este período tienen a menudo muestras de los primeros insectos y las primeras plantas con flores. El final de este período, hace 65 millones de años, llevó a la extinción masiva de los dinosaurios.

pico – parte dura y puntiaguda de la boca de algunos animales.

Índice